Ralboul et Lolotte
Viens jouer avec moi !

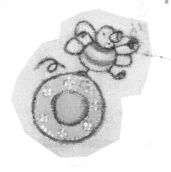

texte **Paule Brière**

illustrations **Christine Battuz**

Les 400 coups

Nous remercions le Conseil des Arts du Canada de l'aide accordée à notre programme de publication et la SODEC pour son appui financier en vertu du Programme d'aide aux entreprises du livre et de l'édition spécialisée.

Nous reconnaissons l'aide financière du gouvernement du Canada par l'entremise du Programme d'aide au développement de l'industrie de l'édition (PADIÉ) pour nos activités d'édition.

Viens jouer avec moi!
a été publié sous la direction de Paule Brière.

Design graphique : Andrée Lauzon
Révision : Louise Chabalier
Correction : Micheline Dussault

Diffusion au Canada
Diffusion Dimedia inc.
539, boulevard Lebeau
Saint-Laurent (Québec) H4N 1S2

Diffusion en Europe
Le Seuil

Pour Lolotte ou Laurélie

Paule

À Fernand, mon superhéros

Christine

Coucou, Ralboul !

Salut, Lolotte !

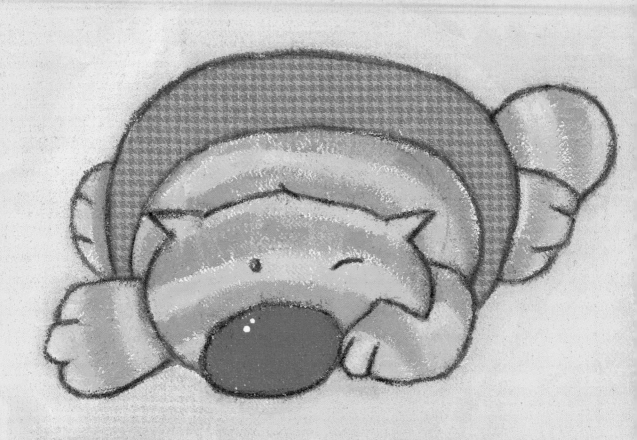

Ralboul se sent seul aujourd'hui.
Il se lèche les pattes.
Il suce son pouce.

Aujourd'hui, pfff! Ralboul s'ennuie.

Tout à coup, Ralboul dit:
— Ça suffit! J'en ai assez
qu'on soit tout seuls, moi.
Tu viens, Lolotte?

Ralboul se lève et s'étire.
Il est bien décidé à s'amuser.

Ralboul cherche.
Il fouille, farfouille, trifouille.

Tout à coup, il dit:
— J'ai trouvé...
un arbre, un abat-jour
et une assiette!

Ralboul fouille, fouille encore.

Tout à coup, il dit :
— J'ai trouvé...
un ballon, des boutons
et une baguette !

Ralboul fouille, fouille partout.

Tout à coup, il dit:
— J'ai trouvé...
un cornichon, une cuillère
et une casquette!

Ralboul empile tous ses trésors :
assiette, baguette, casquette...

Tout à coup, il dit :
— Attention, c'est presque fini...

— Regarde, Lolotte :
j'ai fait un beau bonhomme !
Tu viens jouer avec nous ?

Sais-tu avec quoi Ralboul
a fabriqué son bonhomme ?

Retrouve tous les morceaux
à travers l'album !

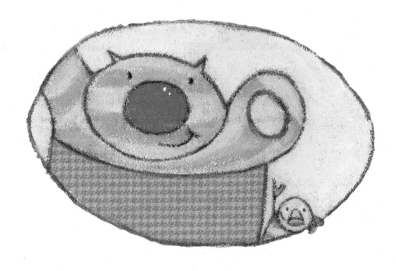

C'est fini... Au revoir !

À bientôt !